金 숲 시집

산새에게 묻고
풀잎에도 묻고

국립중앙도서관 출판시도서목록(CIP)

산새에게 묻고 풀잎에도 묻고 : 金숲 시집 / 지은이: 金숲. — 서울 : 한누리미디어, 2010
 p. ; cm

ISBN 978-89-7969-378-2 03810 : ₩7000

한국 현대시[韓國 現代詩]

811.7-KDC5
895.715-DDC21   CIP2010004606

산새에게 묻고
풀잎에도 묻고

金숲 시집

한누리 미디어

변辯 1 .... 아름다움에 대하여

한참 지난 뒤에 지난
시간이
사랑이
삶이
아름답다는 것을
내 소이所以로 깨닫는다

그 때 초등학교가 있었고
그 때 내 할머니도 있었고
그 때 내 연연한 사랑도 있었다

어디쯤인가 얼마쯤인가
지나온 이 시점에 나는 지금
사랑도 없고
내 할머니까지 없고
내 그리운 초등시절도 없다만

오늘 아침에 들은
이웃 아가의 빛나는 울음과
봄맞이를 성급하게 나서는

짧은 셔츠의 젊은 여인과
내 길을 임꺽정처럼 가로막는
장한壯漢이 있었을 뿐

구름 아래로 멀리 자전거를 타는 나는
저 구름도 이제 나는 아름답고
그 장한의 넓은 어깨 역시 아름답고
사람을 멸시하듯 봄기운에 취한
그 여인도 아름답고
빛나게 요란 떨던 아가의 울음 또한
지금 나는
너무 아름답다는 것을 알자
돌아가다 생각하면
그게 또한 그리움 아니겠는가

지나간 것이 아름다운 것이 아니라
지금이 있어
지금이 아름다워서
아름다운 것이다

목차

숲 숲 시집/ 산새에게 묻고 풀잎에도 묻고

목차

2부_ 동해안 7번 국도

森 숲 시집/ 산새에게 묻고 풀잎에도 묻고

목차

3부 _ 산행

1부_ 마음의 부처

살구

고향의 이야기가 노랗다
이 도심 한복판에서
설움도 타지 않고 갈등도 없이
네가 설 자리에 다부지게 눌러 서
활짝 핀 여름 앞에
어엿하고 당당하다
뽀송한 네 머리카락이
하염없이 햇살 물고 여물면
여린 부끄러움을 끼고
덜 자란 자랑을 내놓고
물장구치든 개울가엔
아직도 한여름이 마른다

마음의 부처

네가 던진 화두를
알아먹지 못해

산새에게 묻고
풀잎에도 묻는다

너는 어디 있느냐?
내 안에 있느냐?
밖에 있느냐?

어느 아침 문득
깨달은 대답은

너는
내 마음의
부처가 되었다

니르고자 훓 배 이셔도

우리 ○○대통령님 말씀은 왜 그리 어렵나

어린 백성 위하여 새로 스물여덟 자를 만드노니

이처럼 은전을 베풀 수는 없나
꼭 말씀이 있으신 후에는 야당이 짖고
야당이 짖으면 여당이 조금 분칠하고
그래도 안 되면 청와대가 꼭 나서서 말씀하고
세 번이고 네 번이고 말씀 다음에도
해명을 거듭했는데도 역시 국민은 아리송하다

어린 백성 니르고자 할 때

훓 배가 있도록 말씀하시면 안 되겠나
내 지난 수년간 우리 ○○대통령님 말씀을 읽는데
그때마다 국민은 양방 한방 다 나서서 처방하는
○○대통령님 그 말씀에 대한 해석이
오늘도 여전히 답답하시다 오늘도 역시 답답하다

편지

내가 받아 기쁜 편지 남한테 쓴다
노란 봉투에는 노란 내용을
파란 봉투에는 파란 내용을
흡사 중매쟁이 딸 주는 심정으로
아껴서 담는 편지는 온 세상이 넓은데
그저 잘 있는지 안부요
오직 한 사람만 사랑한다는 맹세이다
어디에서 누구를 사랑하고
어디에서 누구와 우리는 무사를 빌며 살아가는가
오늘도 내가 성한 것은 네가 있기 때문이요
오늘도 새싹처럼 파란 이 감정은
어디선가 네가 봄눈 뚫고 가만가만
사랑을 키워 오기 때문이다
사랑하자
그저 우리는 사랑일 뿐이어라

봄

아글바글 웃는 웃음을 보아라
조물조물 벌린 입을 보아라
납작삽작 펼친 조막손을 보아라
봄은 섧디섧게 물러나는
떼 겨울을 그렇게 전송하고
전송하고 전송하고
한 마당 넓게 펼친 소동 앞에서
봄볕이 내려와 둥지를 틀고
나뭇잎들 촐싹대며 일어서는 은행나무엔
먼 산 뻐꾸기 울음이 걸려
나비되어 날은다

아글바글 웃는 웃음을 보아라
오물조물 벌린 입을 보아라
납작삽작 펼친 조막손을 보아라
영산홍 여리고 여린 꽃잎에
하얗게 붉게 봄이 타네

풍상風霜

거울을 닦아서 보니
풍상이 험했구나
늙은 수염은 얼마며
젊은 수염은 얼마냐?
그 세월 셈하기도 어렵거니와
모판의 볍씨 자라듯 촘촘한
그 숫자도 만만치 않구랴
차라리 거울을 닦지 않았기를 바라기보다
내일은 깨끗이 손질하고
다시 내 얼굴을 보리라
모시적삼 뿌려 입고
임 보러나 가리라

파도의 잠언

오랜만에 나온 바다에서
한참 파도소리를 읽는다
때리고 때리는 파도가
중국으로 오라는 건지
유럽으로 가자는 건지
계속 앉아 있으라는 건지
어서 일어나서 가라는 건지
썰물이 빠져 나간 개펄에는
어린 배 몇 척이 가라앉아 있고
먼 바다에는 아직 돌아오지 못한
배들이 파도를 타고 있다
뭉쳐서 때리고 때리는 파도가
나를 어쩌라는 건지
이제는 거품까지 누누이 물고 있다

똥섬에는 낙조가 있다

오이도에는 똥섬이 있다
서해를 여는 갯벌도 있지만

똥섬에는 카페가 있다
로드바이크보다 산책이 더 좋은 긴 제방도 있지만

똥섬에는 군사용 초소가 있다
높은 나뭇가지에 까치집 두세 개도 있지만

똥처럼 생긴 똥섬에는
파도가 있다 이름 없는 바위가 있다
저녁이면 낙조가 바닷물을 달구는
조용한 경관도 있지만

갯벌이 아름다운 오이도에는
다 있지만 똥섬이 있다
똥섬에는 바다가 불타는 낙조가 있다

몽타주

몽타주가 하나 올라왔다
거제 유괴 사건 용의자 얼굴이다
어찌 나와 닮았는가 싶다

대저 나는 누구를 유괴했던가?
누구를 유괴해서 상처를 주었던가?
일생의 아픔을 주었던가?

현존하는 나는
아무에게도 수갑당하지 않고
하오의 볕살을 즐긴다
겨울 깊은 날씨에 바깥은
소나무까지 꽁꽁 얼려 세운다

유괴범 안전 이상 무

7월의 도봉산

구름도 밟고 걷네 하늘에 떠서
숨결 같은 미립자가
살짝 스치고 살짝 무는 발등이
한없이 가볍고 가렵네
여기는 천 길 낭떠러지 구름바다
헤엄치지는 못해도 실컷 걷기는 하네
이정표가 없는 앞길엔
오직 열리고 닫히는 구름뿐이네
때론 네 놈이 친구 같다가 원수 같다가
무섭네 그리고 정겹네
하늘이 깜빡 잠들어 버린 7월 중 하루
도봉산은 자운봉도 없고
신선대도 없는 구름 입자뿐이네
그 속에 홀연 한 사람이 침입자로 서 있네
오르지도 못고 내리지도 못는
옷 입은
어쩔 수 없는
훌륭한 벌거숭이가 되네

사념思念

피고 피었다가 홀연
떨어진 꽃을 본다
붉게도 자랑하고
보라로도 자랑하고
마침내 희게도 자랑터니
송이마다 꽃을 내려
얌전히 지셨구나
한 생애가 그리도 춥고 드디더니
이윽히 찬란한 꽃망울 터뜨려놓고
봄 한 철 조심스레 웃다 마시네
뚝 떨어진 꽃잎이 사람이라면
내 젊음도 저러이
지고 말았지 어느 길가
어느 하늘 아래서
지금은 흔적도 없이

천자산 선녀님

나는 저를 보고 저는 나를 보시다
봄여름가을겨울에
봄에 나신 천자산 선녀님은
새파란 꽃을 들고 나를
온누리 가득 기다리셨네
산 넘고 넘어서
구름도 뚫고 뚫어서
암벽과 용암 끝에서
초연히 해를 짚고 일어선 임이시여
눈 오고 오고
바람이 겹쳐서 겹친 해 저물녘에
아스라이 임을 만나
나도 웃고 함빡 웃고
임도 웃고 임도 함께 웃으시네
그 여름 어찌 하며
그 세월 어찌 하셨는지
봄꽃은 쉬지 않고 유유히 푸르시네
천자산 암군 위에
오연히 기다리신 선녀 산화散花님

*天子山 仙女 ; 중국 장가계張家界에 있는 바위 이름

'신부新婦' 이후

알궂기는
누구는 반세기만에 찾아가니
색동옷 차림으로 그냥 앉았더라카데
반갑다고 손을 댔더니
알락달락 재로 폭삭 내려앉더라카데

밥숟가락 놓으면
구찌베니 바르고
씻은 고무신 신고
딴 마실 나서는 요새 사람들
알궂기는 그 때가 언제라고
한 소리도 못 듣고
줄창 연지곤지만 바르나

뉘기는 뉘기야?
미당未堂 어르신이 그카데

오리와 원앙이 부부는

거울을 못 보는 원앙이가
몸집 다른 오리를 따라 다니면서
제 짝이라 말한다
거울을 못 보기는 암컷 오리도 똑 같다
그러면서 둘은
내 털은 기본이 알락달락하거니
내 털은 기본이 천연덕스럽거니 한다

거울을 잘 보는 사람은
검은 놈을 검다 하고
흰 놈을 희다 한다
희다고 검은 놈이
쌍심지 켜서 쳐다보고
검다고 입 찢어서 비쏙거린다

그래도 조물주가 보면
오리처럼 원앙이처럼
사람도 자기를 잘못 본다고 안타깝다
원앙이만큼 안타깝다 오리만큼 안타깝다

후박나무 잎 소동

바깥 창으로는 후박나무가
소복이 여름을 발등에 내리고
이따금 쓸고 지나가는 바람이
여름을 물리친 가을과
가을에 맞서는 겨울로
후박나무 잎을 놓고
밀거니 당기거니 장난한다
오른쪽으로 구르면
여름과 싸워 이긴 가을이고
반대쪽으로 구르면
가을 앞에 팔뚝을 걷어붙인
겨울일 것이다
팔뚝을 걷어붙인 겨울이 더 힘이 세다
후박나무 잎이 구르고 굴러
영토를 표시한다
너무 파란 하늘
저게 다 겨울이었구나

감

아 알겠다 내 진정코 임의 뜻을 알겠다
하늘에다 별을 사다리를 놓고 따오려니
바다에서 금을 물동이를 타고 들어 훔치려니
아 알겠다 진정코 임의 뜻을 알겠다

가을은 유창하게 감나무에 걸리고
서 발 장대 걸어 익은 감을 따자는
임의 저문 날에 띄운 쇠된 목소리를 이제 알겠다.

노모는 치마 벌려 홍시를 받고
임은 나무 밑에 앉아
아픈 고개 들고 사람을 걱정하고

내 알겠다 이제 알겠다
용궁에서 금을 훔치래도
이제 임 뜻을 따르겠다
서 발 장대 길게 걸어 남은 감을 따러 가자
아직도 가을이 저만치서 주춤거리니

산사에서

종무소도 문 닫은
겨울 깊은 산사에
어쩌다 까마귀가
허공에 울음 놓고 날은다
기도할 제목도 없이
보살상 앞에 앉아
마음만 두고
다 비우고 나온다
산등성을 떨쳐 나온 해가
뽀시시 한 움큼 따습다

5월의 돼지

돼지도 예의가 있어야 맛있나?
스승의 날에 스승의 날을 잊은 아이는
그 웃음이 5월의 함박꽃이라도 향기가 없다

돼지고기를 향기로 먹나?
씹는 씹히는 꾹꾹 눌러 으깨는 맛으로 삼키지
하다면 함박꽃은 눈으로만 그냥 보면 되나?
향기가 없어도 되나?
생화의 진실한 향이 없어도 아름답나?

다 준대도
5월의 돼지는
향기가 없으면
맛이 없으니라

지나고 나면

우리가 언제 지나고 나면
삶이 아름답지 않았던가
떡 벌어졌던 공간도
동양화의 여백처럼 깊어 보이고
돌출한 한 순간도
히말라야의 설산 봉우리 같아 보이고

뚝 떨어져 죽은 듯 죽지 않고 사는 지금
가끔 오뉴월 아침에 꽃잎 지우듯 던지는 한 마디조차
짧고 애석하기 그지없지만
먼 훗날 이 그림 또한
얼마나 정겹고 피카소 같을 것인가
사랑하자 삶은 모름지기 전부가
아름다운 일면이 깊드리 숨겨져 있지 않은가

계산 공화국

15,300원짜리를 반품하고 나서
20,240원어치 물건을 샀다
그리고 모자라서 10,000원을
현금으로 내줬다 했더니
현금으로 5,060원을 거슬러줬다
오늘 내가 쓴 돈은 얼마일까?
5,060원일까? 아니면
도무지 계산이 헷갈린다
내가 오늘 찾는 숫자는
함평 나비 밭에서나 찾아야 할 것 같다
숫자들이 반짝반짝
눈앞에서 다 흩어지고 없다
그래도 나는 계산을 했고
물건을 샀으며 또 반품도 했다
현대는 따져볼 수 없는
계산 공화국이다

관속에서
— 안식 찾지 못한 이천 참사자에게

아름다운 새벽에도 떠나지 못하고
한낮 따가운 태양에도 떠나지 못한다
수의까지 다 갖춰 입은 나는
내세가 무서워 눈감은 채
주어진 내 관을 지키고 있다
삼백 평도 갑갑터니 내 일하는 지하창고가
어깨 겨우 닿던 그 자리마저 이제 고맙다
눈 감아서 할 일 없고
내세도 현세도 아닌
던져진 한 중간에서
한 시신은 외로운 소생을 꿈꾼다

인사

아직도 사랑을 꿈꾸는데
동네 꼬마가 손 흔들면서
할아버지 안녕하세요 한다
웃음이 꽃잎 같은 꼬마는
내 가슴 깊숙이 숨겨진
또 하나의 열정을 모르나 보다
할아버지라 하지 말고
이훌랑은 그냥 인사만 해라
나도 청춘을 상기 가지고
젊어 있고 싶다

우주의 시간

우리가 모든 것이 가능할 때
그러나 한 가지도 가능하지 못할 때
우리는 미칠 것 같고 미친다
우주가 조용히 창 앞에 열려
귀한 손님 손 벌려 영접하런 시간
나는 겨우 눈밖에 뜨지 못한다
열린 우주를 열린 눈으로 볼 밖에 없다
우리가 헤엄쳐 나갈 바다나
산등성이도 그곳엔 다 있다
한 도시가 다가와 일상을 소중하게 풀어놓고
그 중 한 사람을 자유롭게 활보토록
옆을 비켜주는 인정 하나
우리가 모든 것이 가능할 때
우리가 하나도 가능하지 않을 때
비로소 미치겠다 미칠 것 같아진다
우주는 어딘가로 창을 놓고 둥둥 떠 간다

영내의 봄

그물망 치고 보초서는
군부대 안에도
봄을 안고 내려앉은
수줍은 진달래가 한없이 피고
외통받이 큰 나무에서는
이름 모를 새가 제 마음대로
끼룩끼룩 울어 쌓네
선임하사와 행정실 이병 사이에도
오가는 동글동글한 웃음이 있고
평화인지 낭만인지 싣고 달리는
장항선 기차가
오늘은 활동사진이다

화동 花童

꽃남께서 꽃이 지는 것을
할머니도 봤다 나도 봤다
이윽히 하늘을 향해 쳐들린 나뭇가지에서
하얀 꽃잎들이 춤추듯이 하늘거렸다 그 때
청년 시절의 내 발걸음만큼씩 꽃잎은 가벼웠다
어쩜 발레리나였을지도 모르는
할머니의 발등처럼 꽃잎은 가벼웠다
장바구니에 장꾸러미가 가득한 할머니는
지는 꽃잎에서 이윽히 눈길을 걸고 차마 떼지를 못한다
할머니가 보는 것은 청춘이 아니라
꽃잎이 아니라
마침내 지상으로 추락할 당신이었다
그 다음에는 나도
할머니처럼 납죽하게 흙더미 속에 깔릴
나 자신을 보았다
꽃잎은 우리 앞서 가는
귀여운 화동이었다

안부

네가 없는
도시에는
하늘이 더 크고
네가 없는
중앙로에는
사람이 더
아무도 없다
오늘 이
아름다운 봄날에
나는 홀로 그립고
너는 혼자
더 쓸쓸하여

2부_ 동해안 7번 국도

4월령四月令

만우절이라도 한 마디
해 주지 사랑한다고

만우절이어도 만우절이라
뒤집을 때까지는 행복할 것이다

만우절도 내리고
먼 걸음으로 뚜벅뚜벅
걸어가는 4월

어느 시점에선가 지난 해
흐드러졌던 능금꽃도 보겠고
꿀벌만 잉잉대는
아카시아꽃도 보겠다
구름 너머 다가오는
큰 천둥소리도 듣겠다

이러면 호리毫釐가 어찌 되나?
사랑도 천 리
멀어지나?

생각 중입니다

자전거로 참 빨리
방조제를 달려 왔습니다
그리고 지금 나는
그때 일을 생각하고 있습니다
좌우 경계가 탁 틔어서
천천히 천천히 가자 다짐도 했습니다
길 보고 왔는지 좌우 경계 보고 왔는지
자꾸 혼동됐기 때문입니다
결국 나는 빨리 달려
방조제 완주를 마쳤습니다
그리고 되돌아오기도 했습니다
지금 나는 수십 번 다녀올 시간을 지나
그때 일을 생각 중입니다

왜 그처럼 빨리 달렸든가?

단조로운 길만 보고
죽자사자 달렸든가를
생각 중입니다

티라노사우루스의 울음

입술에 침 묻혀서 다가가는 내게
엉덩이 내밀던 사람
사랑이 거꾸로 가고 있다는 것은
참새가 날으는 방향을 보아서 안다
마침내 우리는 서해에서 또는 동해에서
티라노사우루스의 큰 울음을 울 것이다
암만해도 우리는
그리 멀지 않았는데
괄약근이 모자란 둘은
서로를 잃고 말았다
전생이 멀어서였든가
경부선 레일 한 가닥이
그만 서해로 굽어지고 말았네
원수야!
그래도 둘은 한 때는 사랑이었다
먼 봄이 아직 눈더미에 묻혀서
기지개도 못한다

개나리 일기

공단 길가에 핀 개나리가
어느 시비詩碑만큼 감동이다
누가 이 얼굴을 감당하랴
순수 미인도 없는 거리에
누가 이 향기를 전해 오랴
잎새 하나 없이
줄기마저 감춘 꽃이
저 홀로 불쑥
인동초무늬 화려한
금관 장식으로 솟구쳐 있다
알겠다 네가 주는 메시지는
이거지? 엄하고
서러운 것들은 다 가라
새 날 새 시대란 거지

네 목소리

다 변하고 아무것도 없는데
네 목소리만 남아 있었다
옛날로 돌아갈 수 있는 것은
네 목소리뿐이었다
젖은 네 목소리가
시냇물로 흐르고 바람소리로도 흘렀다
우리 집 씨암탉과 장닭이
다투는 소리로도 들렸다

그 목소리 앞에 나는
나날이 통곡했다
네 손을 한 번도 잡지 못했고
네 손을 잡고
가파른 돌계단을 오르지도 내리지도 못했다
네 손을 잡고
동화사 계절 깊은 경내를 나들지도 못했다
오직 남아 있는 것은
네 옛날 앞에서 자나 새나 우는 일밖에
저 남의 나라에서 들리는 물새소리마저
네 울음인가 하여 내가 울었다

남아 있는 것은 우리가 60생을 살면서
고향의 돌각담은 무너졌고
시퍼렇게 일렁이던 대숲도 다 베어졌지만
어디에서도 찾을 수 없는
우리들 발자국 위에
이 하늘 드높은 푸르름 밑에서
네 목소리 하나만
고스란히 엿듣는 일
아무야
또그르르 들리는 이슬 먹은 젖은 네 목소리

한겨울 강추위 속에서도 창문 밖에는
야윈 낙상홍의 빨간 열매가 탐스럽다

시는 산에서 줍고

시는 산에서 줍고
종이는 길에서 줍고
연필은

    컴퓨터는 주워도 필기구는 줍기 어렵다는 세상에
    오히려 볼펜은 주워도
    연필은 씨가 말랐다는 요즘에
    어느 주부가 쓰다 버린 건지
    짤따란 연필 토막이
    길이로는 초등학생이 쓰다 남긴 흔적 같은데
    그것도 3학년짜리 여학생이
    방학숙제를 하다 동댕이친 것 같은
    연필심이 뾰족한
    내게는 꼭 필요한 이 산행길의 선물을
    굵다란 나무 밑둥에서 찾았다

발가벗고 나선 아침
시는 산에서 줍고
종이는 길에서 줍고
연필은

백로와 꽃

시화호 한적한 비포장길엔
꽃잎처럼 백로들이 내려앉았고

돌아오는 길 내 집 앞 산책로엔
백로처럼 흰 꽃들이 내려앉았다

후여! 후여! 후여!

아서라 아서라 아서라
떠나라는 소리 없었어도
아름다운 것은 제 알아서 다 떠났다

동해안 7번국도

내가 굳이 동해안으로 가려는 것은
여기도 시화호가 있고 대부도가 있고
여러분들이 그리워하는 제부도며 영흥도며
선제도며 강화도며 온갖 섬들이 다 있어
천지만지 보이는 것은 전부가 바다요 산이요 사람이요
오징어 빼놓고 전어며 낙지며 새우며
쭈꾸미며 조개며 꽃게며 고래 외에는 다 있다
서산에 딱 지는 그 신비한 낙조가 있다 한대도
한반도의 백두대간을 끼고 달리는
동해안 7번국도를 꼭 가야 되는 것은
그 할머니 때문이다

5천 원짜리를 반으로 나누어서
그것만으로는 심심하니 저것 하고 섞어서
반 접시 주시오 했더니
내가 주문을 잘못 했는지
할멈이 계산을 잘못 했는지
이것 반 저것 반 섞어서 각각으로 헤아리면
원만한 한 접시가 아닌 반 접시인데
그 놈을설랑 각각으로 다 섞어서 내놓고는

요것만 자시면 안 되니까
그 뭐냐? 우리말로는 덤이냐?
해서 소주까지 턱하니 내놓는 거였다

내 언제 그 얘기 한 번 했지?
삐걱거리는 자전거 타고 가다
삼척인가 오십천인가 그쯤에서
어여쁜 것은 아닌데 하여간 파싹 늙은 할머니가
다리 곁에서 회를 조그맣게 팔고 있었는데
그 할머니를 주린 배를 껴안고
찾아갔더라고 했잖는가 말이여

내가 꼭 동해로 가야 하는 것은
지금 짐도 다 사 두었네만
그 어여쁘지도 않은 파싹 늙은 할머니가
시방도 그 자리서 반을 달라면 반을 주는데
입이 심심하니 이것하고 저것하고 각각 섞어서
반을 달라고 하면 그만 계산이 어려워져
이 놈 반에 저 놈 반을 덤뿍 얹어
아나 여깄다 반이오 하고설랑 온 접시로 내놓고는

그래도 사나이가 이 좋은 안주에
소주 한 잔은 있어야지 하면서
먹다 남긴 소주병을 드시오 하고 선심을 쓰는데

하!
오늘 말이오
나 참말로 할멈이 그립소
정녕 그립소
우리 춘향이보다 그립소
잘 있지요?
많이 이뻐졌지요?
이번에 가게 되면
꼭 한 번 할멈 손을 잡아 볼 것이오
혹 알더라도 너무 무색하게
부끄러워 마시오
나도 사나이지만 늙었고
늙었지만 거기 삼척이 어디오
거기를 햇수로 삼 년을 묵혀 찾아가는데
맨 가슴이겠소? 할멈
잘 계시지요?

정말 갑니다 서해가 아닌 동해로
또 뻔질난 자전거를 타고서
참 말씀하였던가? 그때 타고 간 자전거는
한참 찌질이요 이번에는 벤츠요
좋소 새 걸로 싹 여섯 번째로 바꾸었소
할멈 나, 가요
동해안 7번국도를

유붕자원방래 불역락호有朋自遠方來不亦樂呼

미얀마에 제 색시가 있다면
우리의 오상식 총각은 행복할까?
구름에도 없고 날으는 새 깃털에도 없고
험준한 산길 위의 조상님 산소에도 없던
네 색시가 분명 한 마디 뜨거운 인간의 음성으로
저를 홀로 알아봤다면 우리의 농촌 오상식 총각은
얼마 아니 기뻤을 것인가
다 넘기는 추석을 때때옷 입지 않고
기름진 음식 먹지 않고
시끌벅적한 행복에 뒤섞이지 않더라도
우리의 오상식 노총각은
제 색시 기다림에 하루가 거절세
하루가 금빛일세
저 시끄러운 미얀마에라도 언필칭 제 색시가 있다면
우리의 오상식 총각은
정녕 기다림이 행복할 것이다
기다림이 감사할 것이다

장미의 나라

줄장미는 담을 넘어
그 집의 웃음처럼 피고
그 회사의 인화처럼 피고
여름내 사랑할 우리는
집집마다 정열적으로 피고
연심戀心으로 피고
저 나라 이라크에도 피어서
화창한 봄날을 만들고
더 멀리 아시아를 넘어
태평양도 건너
인디언의 나라 아메리카까지
무덕무덕 피어라
이 담장에는 세계전도만큼
많은 꽃송이가
나라마다 웃고
나라마다 피고

새 달력을 받아 놓고

여덟 달을 미리 넘겨 놓으면
새 달력을 받아
여덟 달을 앞으로 미리 젖혀 놓으면
9월부터 우리는 백수로 남는다
뽀얗게 흐린 날에도 시꺼멓게 맑은 날에도
눈이 오는 어둔 날에도
나는 혼자 하느님 사랑을
두 손으로 넓게 기다린다

남은 여덟 달을
혼자가 아니라 하려면
하느님 사랑을
두 발로 걷어차려 하려면
아 사랑을 베풀며 살자
사람을 껴안고 살자
여덟 달이 내 안에서
빠져 나가기 전에
이 세상 다하기 전에

저승에는

아버지 때에도
할머니가 돌아가시고
내 때에는 또
내 할머니가 돌아가시네
내 아들 때에는
내 엄마가 할머니 되어
여린 눈에 콩알 같은 눈물을 보게 되네
저승에는 줄줄이 할머니들이 보좌에 앉아
똑 같이 하얀 머리로 앉아서
네 손자 내 손자를 기억할 테지
기억하실 테지
나도 할아버지 되어
돌아가면은

망설임

미령未怜해서 아직도 한 결정을 하지 못하고
길을 나선다 길에서 줍는 부스러진 햇살
이며 속눈 트지 못한 나뭇잎들
이며 삭풍을 걷어내는 어인 날바람
이며 조상 꿈이 옹기종기 모인
고향의 선산이며

부스러진 햇살 속에서도
터지지 못한 나뭇잎 속에서도
쓰러진 조상의 지혜 속에서도
발등은 여전히 삐걱거린다

어디로 가려는가?
시화호에서 큰 물소리로
난리라도 치려는가?

사랑이면 사랑
일이면 일
나서도 아직
한 결정이 없다

언제나 어제

어제는 가버린 날
오늘 앞에서 언제나 부끄러운 날

기상대 풍향계가 쉴 새 없이 돌아가고
행인들 발자국 소리가 거침없이 또각거리면
먼먼 하늘로 사람들 입에서
뿜어지는 입김이 푸르고 길다

어제는 또 한 번씩
그렇게 시작되고 있다

비에 대한 감상

비와 나무를 이 도시에서 함께 보는 것
비와 나무를 집에서 창가에 앉아 함께 본다는 것

때로 우산 쓴 사람이 세로로 걷고
때로는 우산 쓴 사람이 가로로 죽 걷고

내가 이 창가를 좋아하는 것은
계절이 함께 있고
생활이 애 터지지 않게 잘 조화돼 있어서다

때로는 멀리 솔숲에서
뻐꾸기가 울고 때로는 장끼도 울고
비 오는 날엔 지금처럼
장대비가 창을 가릴 때엔
멀리서 노부부의 장롱 던지는 소리도 듣고

꽈르릉! 쨍쨍! 꽈르르릉!

장끼 울음 뻐꾸기 울음
또는 노부부의 힘센 싸움소리

이 창안에는 다 있지만 그중에 제일은
제일은 이웃아기의 빠르르르 하는
울음소리다 그 울음소리에 비는
각지에서 모여 모여서 줄기차게 쏟아지고
천둥도 읍하듯이 꽈르르 신호한다

비 그치면 또 연호하는 아우름이 있다
뻐꾹뻐꾹 하는 슬기로운 소리와
꿩꿩 하는 용맹한 소리다
잠깐 아기는 빗소리에 도로 잠이 들었다

퇴고

배腹가 크다면 시화호에 잠긴 물을
다 마시고 싶다 왜?
내 창가에는 오뉴월 햇살 같은 양광이
한겨울을 무색하게 들이차고
그 창가에서 어제도 오늘도 일을 하는 나는
창을 열고 하늘로 둥실 떠서
어딘가로 가고 싶기 때문이다

거기가 바다라면 바다이고
바닷물이 술이라면 술이겠고
저승에도 못 간다는 의지로
나는 글을 다듬고 있다
피 같고 살 같은 원고를 피와 살을 뜯듯
부수고 할퀴고 동댕이치고 꿰매고
주워 바르고 문지르고 또 온 힘을 다 쏟는 것이다
그래서 일찍이 나는 내 원고 앞에서 통찰했다

못 고치는 글은 없다

3백 쪽을 다이어트시켜

사무사思無邪
단지 석 자로 만들어 볼 것이다 그리고
그 석 자는 나중에 내가 내 관 앞에서 후 불어
손바닥 위에서 날릴 것이다 아무것도 없게
아무것도 나는 가져가는 것이 없을 테니까
그 도중 작업이 즐거워
억만 동이 술이라도 다 퍼마시고 싶은 것이다

저 햇볕도 좋다고 하고

시신 옆에서

대낮 한길 가에
혼자서 다리 뻗고 누웠구나
어느 바다를 헤매다가
어떤 파도와 싸우다가
네 새끼는 얼마며
네 수컷은 어딨느니
어느 한밤 모진 풍랑 끝에
이 바다까지 밀려와
집요한 한 낚시꾼의 사랑옵은 미끼에 걸려
마침내 대양도 팽개치고
그 수많은 자손도 내던지고
음양을 함께 나누던 네 수컷마저 등지고
사람조차 넘보지 않는 이 자리에
햇살 잔뜩 묻혀 나날이 깡말라 가느냐
아직도 너를 잊지 못하는 먼 바다 파도소리가
잔물결에 밀려 네 곁으로 네 곁으로 다가선다
너는 아느냐? 길가에 내팽개쳐진
은비늘 섧디선 바다야

가을의 사랑

이렇게 구름 낀 날에도
동글동글한 사랑을 이야기할
내 사랑이 왜 없겠나
하늘에도 있고 별에도 있지만
지상에도 있는 것

오늘 밤에는
어제 쓴掃 은행잎도
뒤져보고 단풍잎도
뒤져보고 커다란
플러터너스 잎도
뒤져봐야지 그 어디쯤에
가을 닮은 통통한 내 사랑이
숨어 있을지

옥구산 길

짧은 옥구산 길을 한 바퀴 돌고 나니
왔던 길을 또 걷게 된다
나는 얼마나 많은 길을 되밟으며 사는가
먹은 아침식사 또 하고
잔 잠 또 자고
깎은 발톱 또 깎듯이
인생은 지극히 좁은 것인가 보다
옥구산 금싸라기 오솔길보다

내가 찾는 오솔길엔
오늘도 낙엽이 자라지 못하고
내가 다시 찾는 오솔길엔
낙엽이 눕지도 못한다

뱃고동 그윽한 소래 포구엔
저녁 해가 눕는다
눕는 해야 어디나
같을 것이다
그래서 이제 걷는 옥구산 길은
우주요 뭇별이러니

소식

내가 오래 소식 없으니까
니가 죽었나?
누나가 말했다

연사흘 네가 내 메일을 안 받으니까
니가 죽었나?
하늘에다 대고 누나처럼 말한다
살아도 우리는 말이 없고
살아서 우리는 상상만 가득할 뿐

─나는 지금 뭘 할까?

꼭꼭 숨었다 장독대 뒤에
그 너머 골목 지나 큰길 나와서
옥구산 너머 남자 화장실에
문 꼭 걸어 잠그고

우리는 오늘도 없다

어느 일상

내가 손 댄 자전거는
바퀴가 깨끗이 수리됐고
내가 손 대지 않은 산은
봄을 이고 가을 그대로 높이다
일일이 손 댈 수도 없지만
안 댈 수도 없는 일상사에서 내가 갈
길 앞은 내 손으로 치우고
닦고 파야지 않겠는가 그래서 때로는
입 헹굴 도랑물도 돌려놓고 긴 개울이면
징검다리도 얼마 놓아보고 쇠고삐가 횅하면
길가보단 나무 밑둥에다 감아 매기도 하고

하늘 끝 가는 구름이야
내가 손 댈 수가 없제
하염없이 온 종일 바라볼 밖에

자전거만 탄다

장가를 가면 집 걱정하고
은퇴를 하면 누울 자리 걱정한다
누울 자리가 마땅치 않아 아버지는
청도에 있고 할머니는 경산에 있다
어머니도 경산에 있다
나는 청도에도 갈 수 없고
경산에도 갈 수 없다
내가 누울 자리는 양수리 어느 산록일까?
아버지와 할머니를 모두 모셔다
한 곳에 계시게 하는 16기짜리
지붕 덮인 석곽묘는 어떨까 싶다
3년째 걱정이지만 나는
상기 자전거만 탄다

사람은 그런 것이 아니란 것을 알았다

오르지 못할 하늘을
날마다 밤마다 쳐다보는 것은
얼마나 가슴 아픈 일이겠는가?
목이 떨어질 지경이겠는가?
칼로써 자르고
밧줄을 묶어서 조여서 자르고
톱으로 썰어서 자르고
마침내 나는 나뭇가지에서 우는
봄 까치의 울음을 편안하게 듣게 되었다
등줄기가 비로소 종잇장처럼
가뿐해진 것을 알았다
사람은 그런 것이 아니란 것을 알았다
사람은 사람을 사랑할 뿐이라는 것을 알았다
사람도 아니면
나뿐이라는 것을 배웠다
그리고 또 하나
울다가 멈춘 봄 까치 정도라는 것을
정도라는 것을 알았다
저기
건너오시는 바람도 가끔씩 함께 말이다

눈 오는 날 일기

커피 한 잔 들고
구름 속에 앉다

눈은 펑펑 지고
시도 나를
괴롭히지 않는 슬기봉 정상

부르시면 올라갈 텐데
상제上帝님이 보낼
은마차 금마차가 여태
내려오지 않네

속세는 아무데도 없다

추억

헤어진 남편에게 어린 세 아이를 남겨놓고
멀리 외국으로 떠난 화가가
홀연 고국에서 작품 전시회를 하는데
그 자리에 참석키 위해
비행기를 탔다고 한다

그 세월이 장장 57년
인생으로 치면 한 생이 얼추 다다
트랩에서 내려 고향에 서 본 57년이
얼마만한 회한인지 헤아릴까마는
씹다가 뱉기 위해 손끝에 올려놓은
껌 꼬투리만도 못한 작은 작아 보이는
57이란 숫자지만 어언 당신은
스물셋에 고향을 떠났으니 그 싱그러움은
낙엽 되어 삭았고 어디에도 통통한
손가락에 에둘러 끼우던
금가락지 반짝이는 시절은 없다

57과 57년
인생은 57이 아닌 57년에 묶여

길마처럼 지고 온 세월이
더디고 힘겹다 그래도 혹여
물동이 여닐랐던 그 냇가에
찍어둔 고무신 자국이며
찰랑대며 흐르는 개울물소리는
아직 어디쯤 남았는지
새로 놓인 굵직한
과선교 밑에라도 나가 보렴
안되면 가슴 한 켠에 가만히 여인이여
네 손바닥을 올려보던지
그러면 갈라진 손금 사이로
가만가만 그 물소리
아직 들리기나 하려나

부르카 여인

저는
눈알만 내놓고
나를 보고

나는
온 몸으로 제
눈알만 보고

산에 올라라

나는 오늘도 산에 오른다
도시락 싸들고
커피 챙겨서
물통 옆구리 차고

젊은이도 오르고
어린아이도 오르는 산을
내가 오르는 것은
거기에 나도
목표가 있기 때문이다

세상의 아들들아
세상만 겉돌지 말고
산을 오르거라
오르다 보면 거기
세상보다 높은
산이 있다는 것을 알리라

동파蘇東坡의 사랑

너 뭐 할래?
나 뭐 할꼬?
물가에 서면
우리가 이윽고 뱃전에 서면

우리는 이렇듯이
나뭇잎 되어 함께 흐를래
나는 너와 함께 흐를래
시후西湖에서 흐를래 안개 속에서 흐를래
나는 너와 함께 흐를래
너는 나와 함께 흐를래

구름이 청청한 시후 한복판에서
우리는 히히대며
버들잎을 던진다 사랑을 던진다
너도 아닌 나도 아닌
우리 사랑을 던진다
곱다란 버들잎을 둘이 함께 던진다

시후에는 오늘도 임포林浦가 심어둔 매화 곁에서

동파가 애써 놓은 다리 위에서
우리가 함께 던진 버들잎 속에서
찾아오는 사람들의 더 많은 사랑 안에서

너는 나로 흐르고
나는 너로 흐르고
우리는 함께 사랑으로 흐르고
나뭇잎에 실려
겨우 겨우 흐르고

3부_ 산행

사랑

푸른 하늘에는
아무것도 그려지지 않는다
내 욕심도
그려지지 않는다
너무 푸른 하늘에는
작은 패랭이꽃도 그려지지 않는다
먼먼 그리움 하나

그것을

사랑이라 말한다

여행

세상에서 가장 행복한 사람이 여행을 한다
모두 떨치고
주어진 대로 보고
주어진 대로 꿈꾸니까

지금 생각느니 가장 행복한 사람은 할머니시다
날마다 허걱대고
청새치만큼 뜯겨서
제 몸 간수도 어려운 피붙이를
살아서 안 보시니까

거긴 노래만 있지요? 할머니
물새 떼 노래보다 더 맑은
찬양만 있지요? 할머니

물안개로 산막을 치던 바다가
저만큼서 열어놓고
바다갈매기 한 마리를 놓아 준다

오이도에는

오늘도 오이도에는
똥섬 있고 개펄 있다
숨죽인 밤에는 파도가 세다
똥섬이 주먹처럼 깎였다

똥섬에는 개펄 있고
[회 맹그는 집]도
[생선 팔라뿌리는 집]도 있다
개펄을 업고 산다
개펄을 업고 사는 [회 맹그는 집]에는
아낙도 있다
아낙 친구도 있다

아낙은 개펄에서
조개도 줍고 막도 잡고
또 능글능글한 낙지도 잡는다
개펄이 십 리요
삼만 칠만 이랑인데
그 땅을 누비다 보면 허리가 꺾어진다

방파제에 오르자마자 망태기를 놓고설랑
몸 또한 방파제에 부린다 길게
방금 잡은 바다가재처럼 꼬부라져서

뒤 따라온 친구도
망태기를 놓고 방파제로 오른다
오르면서 연민한다

집에서 죽지

그래도

인생은 어디든지 브레이크다 외출을 하려는데
방금도 화장실에서 부른다 옷 다 입고 신발 신고
현관을 나서는데 시끄럽다 그래도 참아야 하는 것은
지퍼를 내려야 하는 것은 길이 달라지기 때문이다
몇 분을 참고 안 참고 그 공간이 얼마나 큰지
절벽 위에서는 모른다 절벽 끝에 서야 안다 그래도
왜 목은 마른가? 뚝 떨어지더라도 단걸음에 나서서
지구 어딘가를 예정대로 밟았으면 그래도
동네 어디쯤일 것이지만은
그래도 시내 어디쯤일 것이지만은
그래도 전철 안 어느 노인석일 것이지만은
그래서 기차는 서지 않고 이 기관사의 일정대로
지금껏 달려온 것이다 끼르륵!
건널목 차단기 앞에서는 서야지 그래도

어도魚島

꼬부라진 길옆으로
내가 살던 어릴 때 집이
허물어지다 주인을 맞고 있다
기어들고 기어나던 어린 내가
아직도 축담 곁에 웅크리고 있다
야 이런 데가 여태 있었구나 하는데
텃밭에 자란 복숭아 가지에는
꽃이 아리도록 빨갛다

옥구산 그림

옥구산 옥구공원이 있어도
옥구산 옥구공원은 그림으로 본다
옥구산 옥구공원보다 가깝고 먼
방아머리 선착장도 있으나 오늘은 가까운
오이도 개펄까지 나서려도 바쁘다
집 앞 녹지공원에는 삐삐새가
끊임없이 삐삐대고
숨었다 날아오른 장끼란 놈이
호랑이처럼 녹지숲을 울어 다스린다
퀑퀑! 퀑퀑!
녹지공원 저쪽 끝
그림으로 남아있는 옥구공원 옥구정에
빨갛게 저녁 해가 화장을 고친다
해가 지는 옥구정
오늘 더욱 그림일다

화장化粧

몇 년 전에도 보고 또
몇 해 전에도 보고
아까워서가 아니라
이유 없이 버리는 게 습관이 안 되어
보고 보며 처박아 두었던 스킨로션 한 병
어느 학생이었든가 그 해 추석
선물이라며 들고 왔던 것 같은데
이름도 아른 아른하고
얼굴도 흔들흔들하는데
지는 해가 마냥 아쉬운 봄날 하오에
누굴 만날 준비하며 혹시라도 싶어
손바닥에 놓고 듬뿍 부어
얼굴에 문지른다 이게 아직도
얼굴용 화장품이라는 건 안다
앉았다 일어나도 자꾸 만질거리고 탱탱해지고
봄날은 창밖인데
마음이 길을 나서고 있다
햇살을 따라서 훌쩍 멀리

페인트칠한 교회

거기에는 설사
어떤 권모술수가 있다 하더라도
이름 모를 섬에
병원도 우체국도 없는 거기에
종탑을 세우고
하얗게 페인트칠한 교회가
조금 높은 언덕배기에
점처럼 찍혀 있다고 하면
춘삼월 햇볕도 포시라운 이 시점엔
담장 옆에 복숭아꽃이 눈부시게 피듯이
평화와 안녕이
눈부시게 내릴 것이다 이름 모를 섬에
우체국도 병원도 없는
섬이라 해도

국민의 소리

소리소리 지르는 저 사람도 국민 중 한 사람이다
이 좋은 날 아파트는 잠이 든 듯
아침인데도 조용하다
성긴 옥수수알처럼 빠져 나간 주차장 차량들도
고이 이불 덮고 단잠에 빠졌다
오늘은 추석 전 날
왜 남자는 가슴 아프게 소리소리 질러야 하고
누구에게 질러야 하는가?
그 가슴을 깨놓으면
시뻘건 피가 동이만큼 쏟아질까?
대통령도 입 다문 오늘까지
왜 당신은 줄기차게 소리소리 질러야 하는가?
하느님이 아직도 듣지를 못했는가?
이 좋은 가을에
구름 한 점 없는데
혼자 가슴이 깨지도록 소리소리 지르는 저 사람도
대한민국 사는 국민 중 한 사람이다

소주는 말이다

소주는
말이다 순대가 2천 원에 소주에다가 말이다
클리넥스 티슈 한 장 딱 놓고 말이다 홀짝 홀짝
그렇게 마시는 거다 TV를 보면서
창밖으로 들리는 저 굉음 같은 차 소리로
배경해서 말이다 북한대표도 돌아가고
겨우 여당대표가 니들 그거는 아니다
하고 한 마디 따끔시레 말씀하시고
그 외에 천 날 만 날 퍼줄 것 같은 우리 대통령님은
일상 침묵하시고 야당 쪽 사람들은
제 살 깎기에 열정을 다 바치고
그래도 낫네
저 문둥이 같은
굉음 같은 창밖의 차 소리가
여의도의 그 잘난 양반들 지랄보다
소주는 말이다 순대 2천 원에
딱

비단 개구리

두루두루 전화를 해야 하는데도
아무데도 전화하기가 싫고
이럴 때는 나 어떻게 해야 하나
뒤집어져야 하나 말아야 하나

죽은 놈만 손가락 못 놀리지
산 놈이 왜 못 놀리나 할머님이 나무라시면
나는 죽었다고 흉내 낼까?
뒤집혀서 죽은 듯이
꼼짝 못하는 비단개구리처럼

나는 비단개구리다
혼자 있을 때는 살아 있고
남과 관계할 때는 죽어 있다
나는 숨도 못 쉰다 그리 알아라 천륜들아
여기도 전화하고 저기도 전화해야 하는데
한 군데도 하지 못하는 나는 어찌 해야 하나
나는 정말 죽은 시늉을 해야 하나

할머니 영상

이웃 노인을 보면
지금도 움찔한다
한 걸음도 내 마음대로
움직이지 못하게 하시던 할머니
반세기가 훌쩍 지난 지금도
그 모습이 선하다

오늘은
가을이 와서 할머니
동네 공원을 한 바퀴 돌고 왔어요
아무도 없는 집에
할머님 혼자서 기다리셨지요?

물음

이거 시방 내가 잘 한 거유?
열일곱 살짜리를 데리고 데이트를 했시유
사랑이 저만큼 보이데유
그래도 괜찮은 거유?
아따 사랑은 말이유 가슴에 있지
다른 데 있지 않습디다 그러니께유
이게 좌우당간 사랑인지 뭔지
가슴만 무지 뜨겁더만유 저기
샛별이 떴네유 그 일로 그만
날밤까지 홀딱 샜이유
하느님은 도대체
몇 살짜릴랑 사랑을 의논할는지
궁금시럽구먼유 열하난가 아니면
아홉인가 말이유

사는 것과 버리는 것

정년을 당하고 이윽고 하는 일이
잘 하면 외국으로 여행 가고
돈 무서워 집에 붙박혔을라치면
머리 써서 산에나 가고 낮잠이나 자고
또 머리 써서 자전거나 타고
한 번씩 다녀온 후면 이틀 혹은 사나흘씩
굴신도 못하고 헉헉댄다

새봄이라 TV에서는 오만 산나물과 오만 어패류와
오만 행락을 다 누린다며 연일 화면이 뜨겁다
아침 뉴스엔 날씨가 쾌청이래서
예정 없는 봄나들이를 한다
자전거를 타고 달린다면 적이
예닐곱 시간이나 소요되는 바닷길 먼 곳이다
돌아와서 결국 나는 생각한다

오늘은 바닷길에 일곱 시간을 버리고 왔다

그리고 이제는 사生는 것이
모두 버리는 것이다

가을

가을을 보고 와서 가을을 쓰고
사람을 만나고 와서 사람을 말한다
　새빨간 단풍잎 그 순수의 열정
　수수깡보다 파싹한 그 등골의 써늘함

창가에는 홀로 뜰을 지키는
은행나무가
수 없는 금붙이를
옷으로 입고
주렴으로 내걸고
요령으로 꿰찬다

가을을 생각ㅎ다가
빈 나뭇가지에라도
올라타면
설마 내가
가을이 될까 싶다

책 그리고

아무래도
    책갈피를 열고

    또 열고

    또 열고 해도

    그 많은 글자들 중

    오직 떠오른 글자는

    이것이다
가긴 가야겠다
    내가 지체하는 동안까지

    보태어 내가 너무 소원했다는

    이유는 빼고서

    책에는 딱 그 글자만

    꽂혀 있는 것이다 참으로

    신통한 책이다 나의

    지침을 담고 있으니

    그리고 운명도 보이니까
중국이 인천 앞이지

자연

자꾸만 산으로 가는 것은 나는
자꾸만 우리가 물가로 가는 것은
자꾸만 자꾸만 구름을 쳐다보는 것은
자꾸만 새소리를 집으로 집으로 불러들이는 것은

나는
오늘도 산으로 가고
나는
오늘도 물가로 가고
우리는 오늘도
구름을 쳐다보고 새소리를 불러들이는 것은

─모두는
   자연이고
   싶다

해 지는 소리

아무야 누구야
암만 목청껏 불러도
임은 산을 넘고 없다
여기 떡 가지고 왔어
콩떡 팥떡 다 있어
콩 심어서 콩 수확하고
팥 심어서 팥 수확했어
산돼지 밤마다 습격해 와
장명등 켜고 원두막에 잠잤어
찹쌀 사다 콩찰떡 하고
멥쌀 사다 팥시루떡 했어
먹고 가 어서 와서 먹어
바람결에 들려오는 소문엔
아이를 그새 둘은 낳았다 한다
미련한 사람
한 해 농사 그르치고
두 해 농사 그르치면
사람부터 붙잡아야지
저리 해도
산을 따라 넘네

노송 찬미

내가 산책하는 길가에는 언제나 세 그루 소나무가 서 있다
설악산이나 동해안 어드메서 눈서리 맞고 해풍 맞던 소나무
가 백 년 훨씬 넘어 주거이동을 한 것이다 칭송컨대 옮긴 나
무가 위대하다는 건 공원을 꾸밀 때 이 소나무들을 특별 채
취해 왔기 때문이다
나는 오늘도 삼송 아래 벤치에서 휘어진 듯 혁혁히 자란 노
송을 우러러 본다 그러면서 생각한다 중국이 중국이 아니고
조선이 조선이 아닌 연변 땅에서 오늘도 민족을 그리는 조선
족 후예들에게 얼과 말을 심는 세 분 내가 아는 그들과 같다
고

옮겨 심지 않은 나무는 더 아름답지 않다

눈 소식

지금 나는 창가에 의자를 앉혔습니다
점심시간입니다 오늘 점심은 떡국입니다
그런데 여기는 어제부터 눈이
주차장의 차를 덮고 있습니다
뽀얀 솜이불입니다

그 눈을 뚫고 어제는 우산을 쓰고 나갔습니다
무슨 낭만이냐구요? 아니 무슨 치기냐구요?
아닙니다 그런 것은 아니고
시장에 볼 일이 있어 나갔습니다
내일이 명절이니
내가 마실 바다를 사왔지요 참 좋았습니다

오전이 이윽히 지난 시간
창문 바라볼 틈도 없이 제 일에 빠져 있던 나는
눈이 다시 오는 것을 보고 박수를 쳤습니다
흰 눈은 마음의 거울입니다
태초에 인간은 마음들이 흰 눈 같았을 것입니다
그것을 나는 아담과 이브의 눈이라고 말합니다
그들은 빨간 사과를 먹었으나

마음은 여전히 뽀얐을 것입니다

점점 눈이 굵어집니다 그리고 조밀해집니다
차량들이 옷깃을 한껏 잡아당겨
한겨울을 낼 모양입니다 두 사람이 걸어옵니다
아파트 주민인 듯합니다
곁에 있는 아기는 마냥 좋아서 깡충댑니다
이 눈 속에 걷는 엄마와 아이는
이 눈이 주는 가장 큰 축복의 수혜자일 것입니다

바람이면 편서풍인데
눈은 왼쪽에서 오른쪽으로 들이칩니다
어디서부터 왔을까요? 정말 먼 길을 왔을 것입니다

자동차가 한 대 까맣게
지하주차장에서 굴러 나옵니다
아파트는 꼼짝하지 않습니다
눈 오는 날은 모두 눈 속에서 침묵합니다 침묵합니다

오늘도 무사히

― 나무늘보

생명이 오늘도 연장되는 것은
내가 죽음을 피하기 때문이다
어느 날 즐겨 다니던 산
그 왕소나무와 그 벼랑이 그리워도
오늘 내가 이처럼 참고 나가지 않기 때문이다
그 바위로 둘러친 병풍 같은 산 굳게 뚫린 도로를
오늘도 참고 활주하지 않 때문이다
어느 날의 안전이 오늘의 안전일 수 없다는 것은
느낌이며 이치다 산은 오르는 자에게는 기쁨이지만
추락하는 이에게는 생애의 슬픔이다
굳게 뚫린 도로는 목적지까지 닿는 자에게는 기쁨이지만
혹시라도 가드레일이 다가오거나
남의 차가 덮치면 생애의 슬픔이다
저 하늘 아래 벌어지는 짜드라한 죽음과 죽음들
그 포지션에 내가 있지 않다는 것은
나는 가만히 전쟁을 지켜보기 때문이다
나는 누가 다가와서 발길질하지 않으면
한 나뭇가지만 영역으로 삼는
지극히 게으르고 굼뜬 나무늘보다

장미

얼마나 그리우면
그리움은 다 하는가
그리움은 말라 버리는가
말라서 뒤틀리는가
뒤틀려서 불타 없어지는가
그 터에 꽃이 피는가
꽃이 지는가

장미 한 그루 너
먼 데서 왔구나
내가 조금 알겠다
누구의 입술인지

톱니

불알 없는 시계가 등장하면서
집안이 수선스럽지 않고 한결 조용하다
말씀하시던 스무 해 홀로 사신 할머니가 돌아가시고
나도 집안에 망칙스럽게 늘어진 그놈이
왔다리 갔다리 보기에도 눈꼴 사납다 하였다
이제 내가 내 할머니 나이가 되어
새벽마다 깨어나 자리끼를 찾고
한낮에도 그놈의 요의尿意 때문에
수없이 들락날락하는 화장실이며
그리고 하루에 딱 앉기를 세 번하는 식탁이며
아침저녁으로 나서는 산책길의 현관이며
행동반경이 꽤나 단순해도 어디서나 듣는
오직 한 소리가 있다 재깍재깍재깍
지금 이 순간에도 간격 없이 넘어가는
저 옹골찬 재깍 소리
내가 안 듣는 장소래야 현관 밖인 복도나
또는 냉장고 앞이나 앞 발코니뿐인데
어디서나 모양은 달라도 소리는 같은
저 무서운 재깍 소리
화장실에도 내 손으로 걸고

식탁에도 내 손으로 놓고
현관에도 방마다 벽에도 내 손으로 걸었던
여러 모양의 전자시계가 나를 이제는
묘한 칼날로 저미려 든다 재깍재깍재깍 소리
용납 없이 나는 키를 줄이고 몸집을 줄이고
시력을 줄이면서 한 곳으로 떠밀려간다
안 보이지만 그곳은 보아하니 내 할머니도
내 어머니도 기름틀에서 기름 빠지듯이
그렇게 빠져든 곳이다 드디어 저 아궁이가
밀폐되는 50겁劫의 무한 감방
재깍재깍재깍재깍재깍재깍재깍
들리나마나 보나마나 그 소리는 톱니처럼
나를 갉고 있다

오늘도 나는 읽어 감동하고

오늘도 나는 읽어 감동하고
선풍기 도는 소리 서늘한 실내에서
남들은 달月을 묵혀 졸고 있다

깊이를 다 하지 않고
눈으로 그저 너비만 재는
아량 없는 사람들

우리들의 고정관념은 두어 군데만
빠져 있다 저 유승민의 금메달이나
똥 꿈을 억수로 꾼 사내의
로또 복권 정도이다 그 외에는
아 소리가 없다 다 잠겼다

혼신을 다해 내가 글을 써도
설렁이는 부체바람만큼도 시원치 못한
반감성反感性의 시대 석화石化된 시대

나 혼자 내 시집을 붙들고
자꾸 운다 그 열정이 미워서 운다

주께서 떠나시다

나이 들면서 메뉴 하나를 줄인다
절대적으로 신봉하던 내 주님이다
세상 먹을거리가 다 술안주요
소주 한 병이면
안주 열이 공짜인 세상인데
나는 이제 누구와 더불어 사나
무얼 먹고 사나
주님은 나를 버리셨는가
내 몸이 여의치 않으니
내 주님도 멀어질 수밖에 없다
그 잘 먹던 사람들이 한둘씩
왜 주님 곁을 떠나는가 했더니
어느 사이 나도 그들 곁에 서 있다
열렬히 환호할 때 주님도 좋아하지
어깨 굽고 목소리 쇠하니
주께서도 나를 떠나시나 보다

나는 무엇인가?

천둥소리에 놀란 벚꽃이
방울방울 다 터지고
새벽길엔 잘 피었던 목련이
후두둑 다 죽고 말았다
밤새 가슴 슬며 앉았던 지난 생애가
벚꽃처럼 피지도 않고
새눈처럼 터지지도 않고
깨어난 봄처럼 일어서지도 않고
일어서지도 않고 그 아우성은 아무래도
나를 나무라는 거센 항변이었다는 것을 안다
남들은 모두 듣지도 깨지도 못고
밤을 밤으로 보냈다는 밤을
혼자만 북한산이 들썩이도록
천장이 내려앉도록 혹독하게
벌 받듯이 듣고 앉았던 것은 무엇인가?
나는 무엇인가?
이제 와서 진정
나는 무엇인가?

우리는 행복했다

열흘
그 열흘이 행복했다면
내 인생에서 나는 행복했다
하루
그 하루가 행복했다면
나는 내 인생에서 행복했다
하루 열흘 스무 날이 다 행복했다면
나는 정말 행복했다
60생을 사는데 하루가 슬프지 않고
열흘이 슬프지 않고
또 스무 날이 슬프지 않은 사람이 어디 있으랴

나는 하루가 슬펐다면
나는 내 인생에서 하루가 슬펐다
하루 아닌 열흘이 슬펐다면
나는 열흘이 내 인생에서 슬펐다
60생을 살건 70생을 살건
우리는 슬펐다 혹 행복하기도 했지만
70생을 살건 80생을 살건
우리는 행복했다 혹 하루쯤 슬펐지만

산행

수락산

설악산도 아닌
지리산도 아닌
전철 한 번이면 오는
수락산을 온다

수락산도 언제 오고
이제 오시는지

누가 심은 봉숭아가
산록에서 수줍게
입술을 열고 있고

숲이 싱그러워선지
산이 좋아선지

신선 한 사람
조용히
숲으로 든다

뻐꾹새

열 걸음 앞에서 총소리는 영화를 만들고
전쟁이 책 속으로 들어간 시절에는
유년의 그 총소리도 추억이다
먼 데서 들리는 암수 한 쌍의 뻐꾹새 소리
뻐꾹
뻐꾹
뻐꾹
총소리보다 오늘은 네 노래가 더 크다

선녀

참 오랜만에 여자를 본다
산 정상에서 본다 그러니 선녀지
세상에서 가장 싫어하는 짓이
산에서 음주하는 짓거린데
선녀에 끌려서
선녀 때문에
벌컥벌컥 대포로 두 잔이나 한다

내 갈 길은 겨우 절반인데
나는 몰라라 남은 길을
나는 지금 선녀 옆에 멀찍이 앉아
그 웃음 보고 그 덧니 보고
나는 몰라라
구름이 산을 넘네

빗소리

허청허청 길을 간다
가다 보면 우회로가 있고
또 우회로가 있다
산은 산에 의해
겹겹이 둘러서 있는데
우회하고 또 우회하면
결국 내 인생길과 같아진다
그러나 지금은
어차피 우회로에 접어든 나
빗소리가 갑자기
토닥토닥 나뭇잎에서 탄주된다

행복

이제 보니
수락산 정상에는 희한하게 비틀어진
50년은 넘고 5백 년쯤 되는 소나무가 있다
그 소나무를 최회장 댁 마당에 심어놓고
최회장이 동네사람에게
이 나무는 세상에서 단지 한 그루밖에 없어요
그래서 참 비싸요 하고 설명했다고 치자
그러면 최회장은 50세는 넘었으니까
그 나무만큼 5백 살은 살까
나는 안다
막걸리 딱 두 잔에
그저 좋은 나를

신선

얼마나 좋은가 산행이
오줌을 들고 눈들 누가 쳐다보나
설혹 가래침을 뱉은들

누가 찌푸리나
오늘은 아무도 없으니
그냥 벗고 개울에 앉을래
신선처럼 씻고 신선이 될래
때 묻은 배꼽도 씻고
때 묻은 머시도 씻고
오늘은 그 둘만 씻어도
나는 완전한 신선이네
나는
신선일세

하산

석림사 예불소리 산행을 깨우고
길을 걸어 다리를 건너면
길가에 우뚝 자란
고추밭의 고추

선녀도 놓치고 계곡에 와서
혼자 곤두박질도 하고

한참 속세의 내 집 찾아
길을 더듬는다
저기 옻닭집에서 들리는
가가한 여성의 또 다른 목소리
선녀의 지친 목소리

산이 있어서지
숲이 있어서가 아니다
숲이 있어서지
산이 있어서가 아니다
나는 산을 지고
길게 길게 산길을 내려간다

변辯 2 .... 노을

한 1년간 뽑아놓고 묵혔다. 그 동안 기다리는 일도 있었고 우선순위가 이것이 아니기 때문이기도 했다. 금년 들어 두 번째 원고를 만지작대다가 불 꺼진 서재에서 메시지를 내려받았다. '내 부끄러움은 계속 된다' 는 것이었다. 공해라고 공언하고 다니는 출판을 지난해에 이어 다시 감행한 이유다.

북한산에 가면 산을 보고 도봉산에 가면 안개를 만난다. 그 안개를 제대로 만난 것이 '7월의 도봉산' 이다. 얼김에 감흥을 받아놓고 옴니암니 고치는데 만만치 않았다. 앞부분 2번째 행에서 '미립자' 앞에 꾸밀 수식어였는데 별별 말을 끌어다 쓰다가 지금의 '숨결 같은' 이 되었다. 벽돌공에게 벽돌이 부족하면 어떻게 구상하는 집을 짓겠는가 말이지.

또 있다. '오이도에는' 에서 무척 애를 먹인 부분이 있었다. 뻘밭에서 막도 잡고 조개도 줍던 아낙네들이 밀물 때면 멀리서 개펄을 걸어 방파제로 돌아온다.
한 자루씩 짊어진 조개를 방파제에 올려놓고 간신히 몸을 올린 한 아낙이 그대로 방파제에 드러눕는데 그걸 뒤따라오던 다른 아낙네가 하는 말이 '집에서 죽지' 였다. 마치 불을 맞은 듯한 충격에 쓴 시가 '오이도에는' 이었는데 이때도

'아낙네가 여민다'로 메모한 것이 좀처럼 고쳐지지 않았다. 여미는 것(챙기다의 뜻)은 맞은데 어쩔까를 계속 망설였다.

　그런데 '여민다' 대신 '연민한다'를 찾아낸 날 밤에 나는 비로소 크게 웃었다. 그것은 아낙네의 챙기기보다는 '연민憐憫'이 맞았던 것이다.

　무릎을 치며 썼던 초고에서 점점 자신감이 희박해져 종당에는 흐지부지돼 버린 시구도 있다. '산행'에서 목욕하는 대목이다. 신선임을 자부하는 것은 '때 묻은 배꼽과 머시'를 씻었기 때문인데 그게 초고 때만큼 쌈빡하지 않은 것은 지금도 마찬가지다.

　　때 묻은 배꼽도 씻고
　　때 묻은 머시도 씻고

　지금도 그렇지만 왜 거기를 직설적으로 표현하지 못했을까? 아니, 그러면 안 되는가? 어떤 모임에서 그 말을 꺼내 놓고 좋은 사투리나 상징어가 없는지 자문도 해 보았다. 이 순간도 본래의 'ㅈㅈ'(와)과 'ㅂㅇ'에 대한 미련은 과도하게 충동질됨도 사실이다.

지나간 것이 아름다운 것이 아니라
지금이 있어
지금이 아름답다는 것, 그게 내 깨달음이다.

이제 이 해저물녘에 드러내지 않은 시 한 편을 소개한다.
제목은 '노을' 이다.

초등학교 때
은사님이 생각나서
오래간만에
전화를 한다

어디세요?
응 밖이야
뭐 하세요?

잠시 망설이던 은사님이
이렇게 대답한다

응 서산에

해 지는 것
보고 있어

2010. 12

한 해를 또 그저 보내며 아쉬운 세모에 적다

金 숲 시집

산새에게 묻고 풀잎에도 묻고

•

지은이 / 金 숲
펴낸이 / 김재엽
펴낸곳 / 한누리미디어
디자인 / 지선숙

•

121-840, 서울시 마포구 서교동 395-13 서원빌딩 2층
전화 / (02)379-4514, 379-4519
Fax / (02)379-4516
E-mail/hannury2003@hanmail.net

•

신고번호 / 제300-2006-61호
등록일 / 1993. 11. 4

•

초판발행일 / 2010년 12월 16일

•

ⓒ 2010 金 숲 Printed in KOREA

•

값 7,000원

※잘못된 책은 바꿔드립니다.

ISBN 978-89-7969-378-2   03810